金銀島
Treasure Island
親子
圖文本

導讀
Introduction

充滿驚險的未知旅程

英國作家羅伯特・路易士・史帝文森（一八五〇～一八九四）所寫的《金銀島》，被譽為「最佳兒童冒險故事」，不但擁有七十多國語言的翻譯版本，曾被改編成電影、電視劇、漫畫、動畫等，更是他最負盛名以及膾炙人口的作品。

《金銀島》講述少年吉姆因緣際會下得到一張藏寶圖，與夥伴們為了尋找海盜埋藏在荒島上的寶藏，踏上了充滿驚險的未知旅程。

由於故事情節高潮迭起，描寫生動、有趣，就算無法跟著主角一起出發，也能在閱讀本書的過程中，得到冒險的樂趣。然而最令人難忘的，應該是故事中所講述的承諾、互助與友情。

或許，關於探險、冒險、尋寶，總是要人多才熱鬧、才精采吧！史帝文森是在什麼樣的情況下得到靈感，創作出不朽的《金銀島》呢？據說在一八八一年的某一天，史帝文森的繼子勞埃德在畫畫時，畫了一幅地圖，讓史帝文森靈機一動，種種聯想開始在腦海裡形成，最後寫出了這樣一個結合海盜、冒險、尋寶、友情的探險故事。

如果你也是一個喜歡冒險的小小探險家，或者經常沉浸在種種驚險、刺激的幻想中，相信我，你一定會愛上《金銀島》，一拿起書開始閱讀，便會欲罷不能。

直到今日，這世界還是存在著海盜，在地球某處還是埋藏著寶藏，只是缺少了那一張指路的藏寶圖。

或許哪一天，你會偶然得到一張神祕的藏寶圖，踏上屬於自己的尋寶探險旅程。讓我們一起期待吧！

人物介紹
Characters

吉姆・霍金斯

主角、故事的主要敘述者，本堡海軍上將旅店老闆的兒子。

比爾・彭斯

臉上有刀疤，愛喝酒，要大家叫他船長。在拿到瞎子皮尤給的黑券後突然死掉。他的水手箱中有一張藏寶圖。

大衛・李維希

大夫兼治安官，與吉姆一起踏上尋寶的旅程。

亞歷山大・斯莫列特

希絲帕妮奧拉號的船長，脾氣有點硬，十分有原則也很負責、勇敢、有謀略。

約翰・西爾法

又稱高個子約翰，希絲帕妮奧拉號的廚師，是個頗富心機的海盜。只有一條右腿卻活動自如，養著一隻叫弗林特船長的鸚鵡。

班・葛恩

被流放在骷髏島上的「野人」，協助吉姆他們尋獲寶藏的關鍵人物。

目錄
Contents

目錄
Contents

Treasure Island

第一章

發現藏寶圖

刀疤老船長

一個帶著破舊水手箱的老船長，來到本堡海軍上將旅店。他髒兮兮的樣子，還有臉上的刀疤，我到現在還記得。

他跟父親要了一杯蘭姆酒，說：「我要在這裡住上一陣子，你叫我船長就好了。」

船長常常帶著望遠鏡，在港灣附近轉來轉去，好像在尋找什麼。有一天，他偷偷對我說，如果看到只有一隻腳的水手，要馬上跟他報告，只要照做，他每個月會給我四便士。

他在我們的旅店住了很久，到後來，連住宿費都付不出來，父親還是鼓

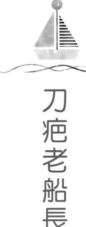

不起勇氣向他開口要錢。

一天傍晚，幫父親看完病的李維希大夫，正在大廳等著馬匹。突然，喝醉的船長唱起了古老的水手歌謠：

十五個人在死人箱上——

喲呵呵，還有一瓶蘭姆酒！

其他的都做了酒和魔鬼的祭品——

喲呵呵，還有一瓶蘭姆酒！

船長越唱越高興，突然，一巴掌拍在桌子上，大家都安靜了下來，只有李維

希大夫不怕他，說：「先生，如果你不戒酒，這個世界很快就會少掉一個大混蛋！」

船長火冒三丈，從椅子上跳起來，掏出一把水手用的折刀，威脅說要把大夫釘在牆上。

大夫站在原地，平靜的說：「要是你不把刀收起來，下次巡迴審判，我一定把你送上絞刑臺。因為我除了是個大夫，還是這裡的治安官。」

船長一聽，才乖乖回到自己的座位。

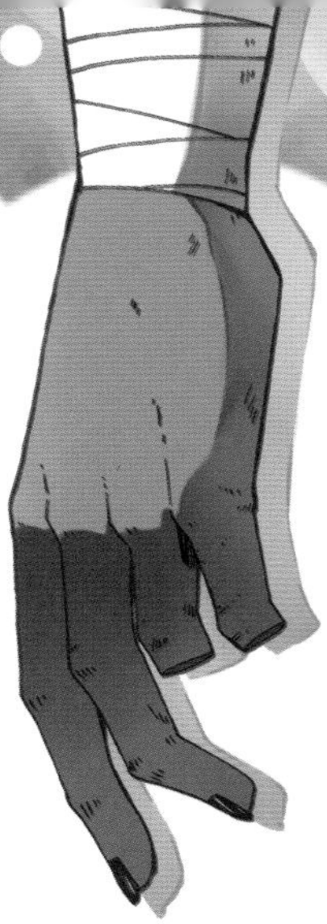

缺了兩根手指的黑狗

事件過後不久，旅店裡發生了一連串神祕的事情。

那年冬天特別冷，父親的病也一天比一天嚴重。

正月的一個早晨，旅店的門被推開，一個陌生人走了進來。他臉色蒼白，左手缺了兩根手指。

「桌上的早餐是為我的朋友比爾準備的吧？」陌生人斜著眼睛問。

「我不認識你的朋友比爾，」我說：「早餐是幫店裡的一位客人準備的，我們都叫他船長。」

「這個船長的臉上是不是有刀疤？他人在嗎？」

我告訴他，船長出去散步了。

「他去哪裡散步？孩子，他走的是哪條路？」

我用手指了指，又回答了他幾個問題。

「比爾見到我一定像見到酒一樣高興。」雖然這麼說，但他說話時，臉上並沒有愉快的表情。等待船長回來的時候，陌生人不安的走來走去，還一直向外張望。

終於，他發現了船長歸來的身影，興奮的對我說：「他回來了！快！孩子，我們到大廳裡躲起來，給比爾一個驚喜！」

我們躲好後，他掀開衣服，露出了一把水手刀，眼露凶光的望著大門。

船長大步走進來，「砰」的把門關上，走向放著早餐的桌子前。

「比爾！」陌生人邊大喊邊走向船長。

船長猛的轉過頭來，臉色發青，就像看見了鬼魂。

「認出我啦！是呀！你應該認得出在同一條船上工作過的老夥伴！」陌生人說。

船長倒吸了一口氣，說：「黑狗！」

「自從我丟了兩根手指頭以後，我們可經歷了不少事情呀！」黑狗邊說邊舉起了左手。

「你還是找到我了。說吧！你想要怎麼樣？」船長直話直說。

「別急，我們先喝點蘭姆酒，坐下好好聊聊吧！」黑狗不懷好意的說。

他們叫我走開後，開始談判。我想偷聽他們在說些什麼，可是怎麼都聽不到，直到兩人開始大聲爭吵。

「不！不！不！到此為止吧！要上絞刑臺就一起上，這就是我要說的！」船長大聲嚷著。

過了一會兒，我聽到翻倒桌椅的聲音、鋼刀碰撞的鏘鏘聲，還有慘叫聲。

我衝出去，看到黑狗的左肩流著血，右手拿著水手刀，逃命似的跑了出去，船長則緊跟在後面。

黑狗雖然受了傷，可是跑得很快，一下子就不見了蹤影。

船長搖搖晃晃走了回來，對著我咆哮：「吉姆，拿蘭姆酒來！我必須離開這裡。蘭姆酒！蘭姆酒！」

我驚慌的跑去拿酒時，聽到大廳有東西倒下的聲音。等我跑進大廳，船長已經四腳朝天的躺在地上。

被打鬥和喊叫聲驚動的母親，正好下樓察看情況。她幫我扶起船長的頭，只見他呼吸急促、雙眼緊閉，臉色非常嚇人，很可能是被黑狗打傷了。

我們正不知道該怎麼辦時，還好李維希大夫走了進來。

「他到底哪裡受傷了？」母親著急的問大夫。

「傷？他連皮也沒有擦破一點！這傢伙是中風了！」

經由大夫治療後，船長終於迷迷糊糊的睜開眼睛。

黑券

中午，我送藥到船長的房間。他的身體還是非常虛弱，神情也有些緊張。

「我問你，大夫說我要在這該死的床上躺多久？」船長大叫。

「至少一個星期！」我回答。

「一個星期！那怎麼行？到時候他們一定會把黑券送來的。那幫笨蛋現在正在四處打聽我的下落。我要離開這裡，再次甩掉他們！」

可惜，他現在只能嘴巴說說，哪裡也去不了。

「要是不能離開，他們就會把黑券送來給我。你聽好了，他們的目標是我的水手箱。」船長吞了吞口水，繼續說：「黑券送來時，吉姆，你馬上去找

那個該死的大夫，一定要把弗林特手下那幫人一網打盡。我以前是弗林特的大副，只有我知道那個地方，那是弗林特臨死前告訴我的，還有，要特別提防那個獨腳水手。」

父親葬禮後的第二天下午，一個瞎子來到了旅店，抓住我，威脅我帶他去找船長。沒辦法，我只好帶他走到大廳角落。醉醺醺的船長見到我們，臉色立即大變，看起來非常絕望。

瞎子要船長伸出右手，然後將一樣東西交到他手上。

「事情辦好了。」瞎子說完，放開我，一轉身，速度飛快的離開了。

船長看著手上的東西，激動大喊：「十點鐘！還有六個小時，還來得及！」

說完，他猛的站了起來，可是很快又倒了下去！

老船長的水手箱

船長死了！他的死亡讓我很害怕，馬上把一切都告訴了母親。處境危險的我們，前往附近的小村莊去求助，但是沒有人願意跟我們回到旅店。因為弗林特船長的任何一個同夥，都會把他們嚇得魂飛魄散。

最後，母親跟村民說：「他欠了我們那麼多錢，現在他死了，我們應該要拿回屬於我們的！既然你們不敢幫我們，我們自己回去打開那個水手箱！」

我們回到旅店後，我才發現，船長手邊的地板上，有一張圓形的硬紙片，一面塗著黑色，另一面寫著「限你今晚十點前答覆」。我想，這就是船長所說的黑券吧。

「媽媽，他們今晚十點鐘會來。」我告訴母親黑券上的內容，接著找到掛在船長脖子上的水手箱鑰匙。

我割斷船長脖子上的繩子，取下了鑰匙後，跟母親奔向船長的房間。

我們打開水手箱，最上面是一套新衣服，再來是銀條、飾品以及一些雜七雜八、不值錢的東西，最後是一個油布包和一個帆布口袋——裡面似乎有金幣碰撞的聲音。

正當我們數著帆布口袋內的錢時，瞎子的枴杖聲傳來了。

我要母親別出聲，等聲音走遠後，母親拿著數好的一部分錢，我則撿起油布包，想說日後可以用來抵債，然後快速逃離了旅店。

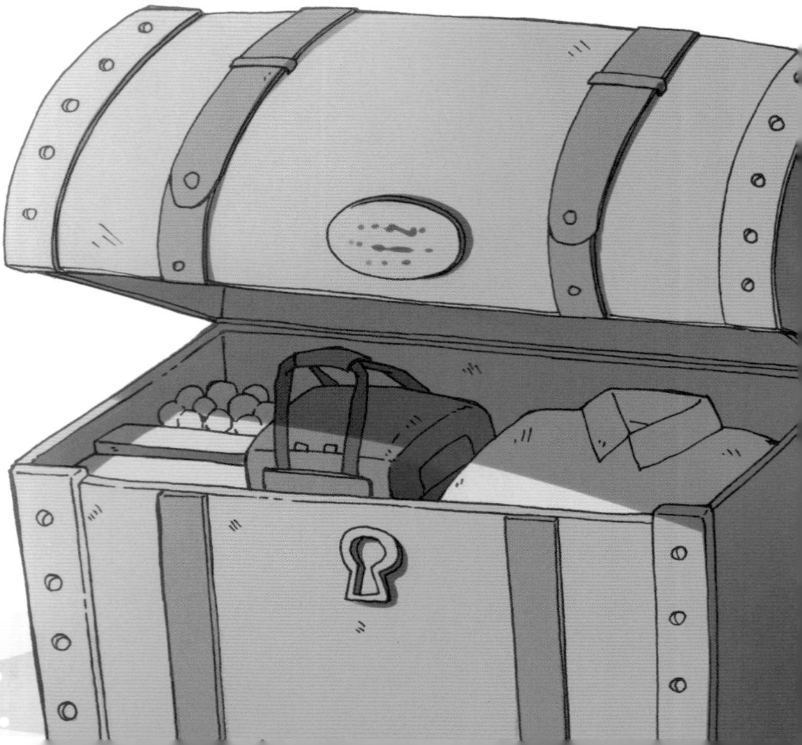

瞎子的下場

原本應該好好躲著的，可是我的好奇心戰勝了恐懼。安頓好因跑不動而暈倒的母親後，我爬上河岸，躲在金雀花叢後面，從那裡可以看見旅店門前的大路。

瞎子正帶著七、八個海盜，往旅店跑去。一群人衝進去後，發現船長死了。瞎子大聲咒罵著：「你們這些偷懶的笨蛋，一個人快去搜他的身！其他人到樓上去搬那個箱子！」

大夥兒上了樓，又發出了一聲驚叫，其中一個人從窗口對外面的瞎子大喊：「皮尤，有人搶先一步，箱子被翻過了。」

「弗林特寫的東西還在嗎？」

「沒有找到！」

「一定是店裡的人幹的！絕對是那小子！我真恨不得把他的眼睛挖出來！你們快分頭去搜！」瞎子大吼。

一夥人繼續在旅店內翻箱倒櫃，還因為互相指責而開始大吵。

這時，從村莊那邊的山頂上傳來了急促的馬蹄聲；樹籬裡也突然火光一閃，接著是一聲槍響——這是向海盜發出的最危險的信號，因為大家一聽見槍聲，就嚇得四處逃竄。

不到半分鐘，海盜全消失得無影無蹤，只有瞎子皮尤落在後面，他只能生氣的用枴杖敲著路面，摸索著前進。

馬蹄聲越來越近了，月光下，四、五個人騎著馬，順著山坡飛馳過來，看不見的皮尤，哪裡知道一匹馬正朝他直奔而來，他慘叫一聲，就這樣被踩死了。

我從金雀花叢後面跳出來，對著馬隊大聲打招呼。

原來，他們是由隊長丹斯帶領的緝私人員，早就知道基特海口出現了一艘帆船，今晚正準備來我們這邊。

可惜，稍晚當緝私大隊追抵基特海口時，帆船已經繞過海岬，消失無蹤。緝私隊長眼睜睜看著那幫傢伙離去，只能安慰自己：「皮尤死在我的馬蹄下，這就夠令人高興了。」

在丹斯先生陪同下，我回到了旅店——裡面已經被毀得差不多了。

「你說他們把錢拿走了？那麼，他們還要找什麼呢？更多的錢嗎？」緝私隊長不解的問。

「他們找的不是錢，而是我拿到的東西。我希望把它放在一個安全的地方，最好是交給李維希大夫……」我老實回答。

於是我們沿著大路，向李維希大夫家奔去。

弗林特的藏寶圖

來到李維希大夫的家，女僕說他到莊園去了，我們只好又改道去莊園。

大夫正和莊園的主人——鄉紳特勞尼在書房抽著菸斗聊天。

「晚安，丹斯、吉姆。什麼風把你們吹來了？」

緝私隊長把事情經過敘述了一遍，兩位紳士聽完後訝異不已。

「吉姆，他們要找的東西在你那裡嗎？」大夫問。

「就是這個，先生。」我邊說邊拿出了油布包。

大夫接過後並沒有馬上打開，而是克制住好奇心，鎮靜的把它裝進了外衣口袋裡。

等到丹斯先生離開後，李維希大夫馬上對鄉紳說：「你聽說過弗林特這個名字吧？」

「當然！」鄉紳大聲的說：「弗林特是有史以來最凶惡、最殘暴的海盜。」

「我在英國也聽說過。他真的有錢嗎？」大夫好奇的問。

「錢！」鄉紳激動的說：「對那幫海盜來說，除了錢，他們還會找什麼？還有什麼東西能讓他們不顧死活呢？」

大夫回答：「如果我口袋裡的東西是弗林特的藏寶圖，這筆寶藏真的價值連城嗎？」

「那是一定的！如果有他的藏寶圖，我馬上出發到布里斯托港口，準備好一艘大船，帶著你和吉姆，我們一起去尋寶。」特勞尼先生興奮的說。

我們小心翼翼的打開油布包，裡面有一本冊子，以及一個密封著、像信封的紙袋。

李維希大夫打開冊子，第一頁是一些不連貫的字跡，看不出有什麼價值。第二頁開始到十二頁，則是一些奇怪的帳目記錄，總共持續了近二十年，記錄的金額由小變大，到後來，數目大得驚人。記錄的最後，經過五、六次修正，得出了總金額，並寫著「彭斯的一份」。

特勞尼先生大聲的說：「這是那個惡棍比爾的帳本，那些金額是那個混蛋分得的贓款！」

接著，李維希大夫又打開紙袋。裡面有一張某個島嶼的地圖，上面標有經緯度、水深，以及山丘、海灣和小港。凡是船隻安全停泊需要掌握的細節，地圖上都標注得清清楚楚。

這個島嶼不大，長九英里、寬五英里，形狀像一條直立的巨龍，島上有兩個三面都是陸地的避風港，島的中央有一座小山，旁邊標著「望遠鏡」。

地圖中有一些內容明顯是後來加上的——三個用紅墨水畫的叉特別醒目，

其中兩個在島的北部，一個在島的西南部。在西南部那個叉旁邊，還用同樣的紅墨水寫著「大部分寶藏在此」。

在地圖背面也寫著：

望遠鏡肩上一棵大樹，北北東偏北。

骷髏島，東南東偏東。

十英尺。

銀條在北面山洞裡。順著東邊圓形山丘的斜坡，面向黑巖，向南十英尋（一英尋等於六英尺）處可找到。

武器在北面海岬北角的沙丘，正東偏北四分之一。

J．F．

看完這些讓人摸不著頭緒的文字，李維希大夫與特勞尼鄉紳卻相視大笑。

特勞尼先生馬上說：「明天我就去布里斯托。十天！我就能準備好全英國最好的船和船員。吉姆，你先在船上做實習水手，李維希，你就做隨船醫生。我是司令官，也就是船長，再把雷德拉斯、喬伊斯和韓特也帶上。我們將根據地圖指示，找到一輩子也花不完的寶藏。」

「對於寶藏的祕密，絕對不能走漏一點風聲。」李維希大夫看著特勞尼先生，不太放心的說。

好好玩心理測驗

你具有冒險精神嗎？

Q

如果有一天，你被鄰居的狗追，跑啊跑的，跑到死巷子，無路可逃，你會怎麼做？

□A 利用擺放在地上的樓梯爬過高牆

□B 從牆角破了一個洞的洞口鑽過牆壁

□C 向狗反擊

測驗分析

選A 利用擺放在地上的樓梯爬過高牆

你是個非常有冒險精神的人，喜歡嘗試不同的事情，就算失敗了也不在意。所以，你一定能夠將幻想的事情努力實現。

選B 從牆角破了一個洞的洞口鑽過牆壁

你除了嚮往冒險家的生活，行動力也很強。此外，同學、朋友需要幫忙時，你也會不吝嗇的伸出援手。是個愛冒險又心地善良的人。

選C 向狗反擊

你喜歡規律、安定的生活，比較不喜歡冒險。不過，有時候認識一些新鮮的人、事、物，也是一件很有趣的事情喔！

Treasure Island

第二章

啟航尋寶

抵達布里斯托

出海的準備比特勞尼先生想像的更麻煩，所以我們等了好幾個星期。

有一天，他從布里斯托寫了一封信給李維希大夫，信封上註明，如果大夫不在，交給我也可以。

因為大夫必須到倫敦去找一個能夠替代他的醫生，我便代他收信。信裡的內容是這樣寫的：

親愛的李維希：

不知道你是否已從倫敦回到莊園，所以同樣內容的信寫了兩份，分別寄往莊園跟倫敦。

船已經準備好了，隨時可以出發。這艘船有兩百噸重，船名「希絲帕妮奧拉號」，是我的老朋友布蘭德里幫忙買到的，他是一個大好人。在布里斯托，大家知道我們要出海尋寶，都非常熱心的提供幫助。

「特勞尼先生還是洩漏了祕密，李維希大夫一定會很生氣。」我對著雷德拉斯說。

「我本來就不相信特勞尼先生會保守祕密！」雷德拉斯聳了聳肩。

我接著看下去：

之前，除了缺少一批有經驗的水手，一切都很順利。我想，至少要有二十名船員，不過，只找到六、七個人。

還好，現在問題已經解決了。

我在碼頭認識了一個人——他從前是個水手，現在開了一家小酒館，認識布里斯托所有的船員，而且很想再回到船上當廚師，繼續過海上的生活。

他的名字是約翰・西爾法，大家都叫他「高個子約翰」。他只有一條腿，但是本事很大，才沒有幾天，就幫我找來了一批經驗豐富的老水手。

李維希，讓雷德拉斯陪著吉姆去跟他母親告別，然後趕快趕來布里斯托吧！

對了，布蘭德里幫我們找到一個非常棒的船長，這個人很優秀，只是脾氣有點硬。布蘭德里還說，如果到八月底我們還沒有返航，他會派一艘船去接我們。高個子約翰也找來一個聰明又能幹的大副，名叫埃羅。我則選到了一名水手長。

約翰・特勞尼

第二天早晨，我和雷德拉斯回到旅店，向母親告別，也告別了我生長的小海灣，還有本堡海軍上將旅店那塊可愛的老招牌。

我們搭上郵車，抵達了布里斯托。

海港停泊著各國船隻，還有許多忙碌工作的水手。現在，我也要出發了！到一個未知的小島尋找神祕的寶藏！

我們來到碼頭附近的旅店找特勞尼先生，他微笑著走出來。

「你們來了！大夫昨晚也從倫敦趕來了。等全體人員都到齊，我們明天就出海！」他大聲宣布。

高個子約翰

吃完早飯，特勞尼先生要我送一張便條給約翰・西爾法。我開心的穿過擁擠的碼頭，找到了望遠鏡酒館。

酒館裡的客人大多是水手，我看見一個只有一隻腳的人，撐著楞杖一蹦一跳的，動作靈活得像隻小鳥。他正在親切的招呼著客人。

本來我還很擔心，高個子約翰就是死去的船長要我注意的那個獨腳水手。但是，他的樣子和黑狗、瞎子皮尤那些凶狠的海盜完全不同，看起來很和善。

「請問，你是西爾法先生嗎？」我將便條遞了過去。

他看了便條，馬上熱情的伸出手來，說：「你就是那個實習船員吧？很

高興見到你。」

他！

這個時候，店裡的一位客人突然站了起來，向門外奔去，我一眼就認出

「抓住他！那個人是黑狗！」我大聲喊。

「不管他叫什麼，他沒有付酒錢，快把他抓回來！」

高個子約翰的命令一下，坐在門旁邊的一個人立刻跳起來，追了出去。

「西爾法先生，特勞尼先生沒有告訴你那幫海盜的事嗎？黑狗就是他們的同夥。」

「我沒聽說過黑狗這個名字。啊！我想起來了，這個混蛋和一個瞎子來過幾次！」高個子約翰說。

「那個瞎子叫皮尤。」我說。

在望遠鏡酒館裡看到黑狗，讓我對西爾法起了疑心，他跟那群海盜是一

夥的嗎？

可是，我又看到追出去的人沒有抓到黑狗，被西爾法狠狠的罵了一頓。他那發怒的樣子，又讓我打消了對他的懷疑。

我們一起回到碼頭附近的旅店，和特勞尼先生、李維希大夫碰面，高個子約翰馬上把剛才抓黑狗的事詳細講了一遍。

等他離開後，李維希大夫對特勞尼先生說：「雖然我對你找來的人都不太有信心，但是對約翰・西爾法倒是挺滿意的。」

掌控火藥與武器

我們登上希絲帕妮奧拉號的時候，大副埃羅先生站在甲板上迎接我們。他和特勞尼先生十分投緣，不過，特勞尼先生和船長卻不是那麼合得來。

船長似乎對船上的一切都感到很不滿，我們剛踏進船艙，他就急忙來見特勞尼先生。

「斯莫列特船長，有什麼事嗎？」

「先生，我不喜歡這次航行、不喜歡這些船員，也不喜歡我的大副。」船長語氣強硬的說。

「你該不會也不喜歡這條船、不喜歡你的雇主吧？」特勞尼先生生氣的反問。

眼看兩人就要吵起來，李維希大夫趕忙插話，說：「斯莫列特船長，你為什麼不喜歡這次航行呢？」

「先生，身為希絲帕妮奧拉號的船長，我連要去的目的地都不知道。我還聽說，這次是要去找什麼寶藏，這種事不是應該保密嗎？但是，現在弄得每個人都知道了。」船長不悅的說。

「那麼，你又為什麼不喜歡這些船員，還有大副埃羅呢？」李維希大夫又問。

「我是船長，船員應該由我來挑選。我相信埃羅先生是個好水手，但是他對手下太不嚴格，沒盡到自己的責任！」

「你覺得我們該怎麼做呢？船長。」大夫客氣的詢問。

「我只想建議幾件事。第一，他們把火藥和武器放在靠近船頭的底層艙，為什麼不放在你們的艙房下面呢？第二，你們帶來的四個人都睡在前艙，為什麼不讓他們睡在你們的艙房旁邊呢？」船長有條不紊的說。

「很好！就這麼照做。」大夫贊同的說。

「還有，你們有一張某個海島的地圖，圖上用叉表示藏寶的地點，這個島就在……」船長準確的說出了經緯度。「我不知道那張地圖在誰手裡，但是，請你們一定要保密。」

「我懂了！你希望我們用自己人在船尾組成一支保衛隊，並且掌控船上的火藥和武器，因為你擔心發生叛變。」大夫說。

「我是船長，必須對這艘船的安全，以及船上每一個人的生命負責，所以，我希望你們採取防範措施，不然我寧願辭職。」

「要不是李維希在這裡，我早就叫你走人了。現在你說完了，我們也可以按照你的要求去做，不過，這樣只會讓我對你的印象更糟。」特勞尼先生氣沖沖的說。

「我只想完成我的職責，你將來會明白的。」船長說完便離開了。

根據船長的提議，全船重新進行了一次大調整，我對這樣的安排感到很滿意。

航程

希絲帕妮奧拉號終於起錨出發了！

航程非常順利，不過，路上發生了幾件事情。

首先，埃羅先生的表現比船長擔心的還要糟糕，他經常酗酒，總是醉醺醺的，水手們根本不把他放在眼裡，而且沒有人知道他的酒是從哪裡來的。

我真擔心他很快就會把自己毀了。果然，在某個黑夜，他失蹤了，從此再也沒有人見過他，船長猜想他應該是掉到海裡去了。

之後，水手長約伯・安德森便接管了埃羅先生的大副職務。

水手們對船上的廚師——高個子約翰都非常尊敬和欽佩，也很服從他。

他很懂得和不同的人打交道，對我也很親切，每次在廚房見到我都很高興。他把廚房整理得乾淨又整潔，還在角落養了一隻漂亮的鸚鵡。

至於特勞尼先生和斯莫列特船長的關係，還是一樣不好。

出海後，我們遇過一次惡劣的天氣，幸好安然度過。所以，特勞尼先生總喜歡用酒或葡萄乾布丁打賞船員，甲板中央則隨時都放著裝滿蘋果的大桶子。

好幾次，船長都對李維希大夫抗議，認為這樣會寵壞船員。

沒想到，後來這個裝蘋果的桶子，卻意外救了我們一命。

事情是這樣的，那天太陽下山後，我結束了工作，突然想吃蘋果。

沒有人發現我走到蘋果桶旁邊，我整個人爬進去，才在桶底找到了一顆蘋果。因為懶得爬出去，便乾脆就坐在桶裡吃起來。

這時，一個人重重的在蘋果桶旁邊坐下來。他一開口，我馬上就認出來，那是約翰．西爾法的聲音。

奸詐的西爾法

「弗林特船長手下的那幫人，現在大部分都在這條船上，他們能吃到葡萄乾布丁就滿足了。可是，當海盜光是會賺錢還不夠，還要會耍些手段！」西爾法說。

「這樣的話，當海盜好像也沒什麼前途。」我聽出來，那是船上最年輕的水手狄克的聲音。

「對笨蛋來說，幹什麼結果都一樣。不過，我一眼就看出來，你雖然年輕，但是很聰明，會知道該怎麼做的。」西爾法說。

這些好聽的話，西爾法也對我說過，這就是他收買人心的方法，現在我終於看清了他的真面目。

「別看我現在這麼隨和，等到我做了希絲帕妮奧拉號的船長，你就會知道我的厲害。」

「好！我決定跟隨你！」狄克語氣堅定的說。

「年輕人有種，好樣的！」西爾法很高興。

這時，西爾法吹了一聲口哨，又有一個人走過來，和他們坐在一起，原來是副水手長伊思萊爾．漢斯。

「我們要等到什麼時候才能動手？我已經受夠了，不想再聽斯莫列特船長的指揮了。」

「本來打算等他們找到寶藏、運上船，然後回航中途再動手。但是我知道你們這些人，一見到金銀財寶就會瘋狂，所以只好在島上就把他們幹掉，我們再把寶藏搬上船。」

突然，西爾法話題一轉，對著狄克說：「乖孩子，我說到喉嚨都乾了，你去桶子裡幫我拿一顆蘋果來。」

聽他這麼一說，我嚇得手腳冰冷、心臟怦怦亂跳。

幸好，副水手長救了我一命。

「蘋果？幹麼吃那種垃圾！我們還是來一杯蘭姆酒吧！」

「好！狄克，你去我房間拿酒來，這是鑰匙。」

我終於明白了，讓大副埃羅先生喝醉落海的酒，就是從奸詐的西爾法那裡來的。

狄克剛走開，伊思萊爾就靠近西爾法的耳邊，低聲的說：「他們那幾個人中，沒有人願意幹。」

可見船上還是有老實、正直的人。

就在這個時候，從瞭望哨傳來了一個興奮的聲音：「陸地！」

祕密會議

隨著那一聲歡呼，甲板響起雜亂的腳步聲。一聽見大家從艙房和水手艙跑出來，我也快速的從蘋果桶裡跳出來，跟著跑到船頭。

月光灑在大海上，在西南方的遠處，出現兩座小山峰，其中一座山峰的後面又有著一座高山，三座山峰都是圓錐形狀。

「有誰以前見過這個島？」船長問大家。

「我見過！從前在一條商船上做廚師的時候，船曾經在那裡停泊下來，補充淡水。下錨的地點就在南面那個小島的後面。那個島叫骷髏島，以前是海盜聚集、清洗船隻的地方。」西爾法出聲回答。

「這裡有一張地圖，你來看看是不是那個地方。」斯莫列特船長把地圖遞給西爾法。

聽到「地圖」兩個字，高個子約翰的眼睛亮了起來，馬上接過了地圖。

我一看地圖很新，就知道不是我發現的那張。西爾法看到地圖上面只標明了地名、山的高度和水的深度後，馬上就冷靜了下來。

「是的，船長，就是這裡。」西爾法鎮定的回答。

等到西爾法回去廚房後，我焦急的走近大夫，壓低聲音，說：「大夫，我有可怕的消息要告訴你。你先和鄉紳、船長一起去艙房，然後找個理由叫我下去。」

過了一會兒，果然有人來叫我到艙房。

當我進到艙房時，大夫、鄉紳和船長坐在一張桌子旁，等著我。

「大夫說，你有可怕的消息要告訴我們，是什麼事？」特勞尼先生開口。

我把偷聽到的話，全部說了出來。

「船長，我錯了，你的判斷是對的。從現在開始，我完全聽你的。」特勞尼先生不好意思的說。

「我才是一個瞎子，竟然沒有發現他們的陰謀。」船長愧疚的回答。

「西爾法真是個不簡單的傢伙！」大夫一臉不敢相信。

「我有幾點想法，如果特勞尼先生不反對的話，我就談談。」船長又說。

「你是船長，你說了算，我們絕對聽從。」特勞尼先生鄭重的說。

「第一，我們必須繼續前進，如果我下令掉轉船頭，一定會發生暴動；第二，找到寶藏前他們不會叛變，我們還有時間和機會；第三，並不是所有水手都是壞蛋，應該還有人是站在我們這邊的。我認為，事情遲早會失控，與其等待，不如先動手。」船長說出了他的想法。

現在，全船二十六個人當中，我們自己人只有七個，其中還包括我這個孩子，而另一方則有十九個人，情況相當危急。

DIY真有趣

尋寶迷宮盒

尋寶迷宮盒超好玩、超有趣，
快動動你的手來做一做！

材料

- 紙盒1個

  如果是喜餅盒，直接取掉蓋子即可；如果不是，先將盒子上方的紙板裁掉。

- 乒乓球1顆
- 粗的吸管數根

  依製作需求準備。

- 貼紙

  跟尋寶冒險有關的貼紙，例如：海盜船、海島、樹木、金銀財寶、藏寶箱等，也可以自己畫在紙上剪下來，再用膠水黏貼喔！

- 剪刀
- 白膠

作法

①先在紙盒內部，畫出設定好的迷宮路線（可以複雜也可以簡單）。

路線與路線之間的距離，要比乒乓球稍微大一點，到時候球才不會滾不過去！

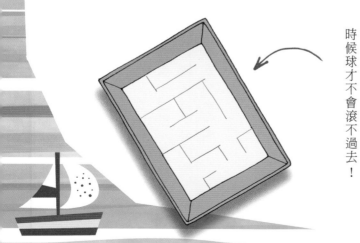

②依照規畫路線的線條圖案，把吸管分別剪成所需要的長度，再用白膠將吸管一一黏上。

③依照設定，貼上跟尋寶冒險有關的貼紙（或是手繪圖案），一個尋寶迷宮盒就大功告成了。

④將乒乓球放入盒中，輕輕晃動紙盒，使乒乓球在迷宮中滾動，最後到達埋藏寶藏的目的地。是不是很好玩啊！

Treasure Island

第三章

海島歷險

抵達骷髏島

第二天清晨，希絲帕妮奧拉號停泊在海島東南大約半英里的海面上。因為沒有風，船無法進入港灣，我們只好把小艇放下去，用繩索拖著大船走。雖然這是大人的事，我這個小孩子根本幫不上忙，但是我還是勇敢的跳上了一艘小艇。

我乘坐的小艇由水手長安德森指揮，他不斷大聲的說：

「我們要發財了！」

在進港的途中，高個子約翰一直站在舵手旁邊，幫希絲帕妮奧拉號領航。看得出來，他非常熟悉這條航道。

我們的船在地圖上標注著「鐵錨」的地方停泊。這是一個天然的避風港，三面圍繞著陸地，隱藏在茂密的森林中。

島上樹木很多，從船上看不到任何房屋、柵欄和人跡，完全就像是一個無人島。悶熱的空氣中還瀰漫著植物腐爛的霉臭味，讓大家都皺起了眉頭。

「就算這裡沒有金銀財寶，我敢打賭，絕對有一樣東西，那就是熱病。」大夫憂心的說。

太陽很大，大家都被曬得頭昏眼花，情緒也不太好。

在抵達小島之前，水手們都還算冷靜，但是現在，他們開始浮躁起來，也不服從命令了。就算只是要他們做一點小事，也會招來白眼。

高個子約翰也聞到了危險的氣息，他忙碌的從這群人走到那群人，盡力安撫大家，自己也表現出積極又順從的樣子，只要一聽到命令，就會馬上去執行，而且對每個人都笑瞇瞇的。沒有事情做的時候，他就會不停的唱歌，用來掩飾內心不安的情緒。

而我們則在艙房裡商量對策。

「各位，現在的狀況是，如果我再下命令，船員一定馬上就會暴動。我們唯一的希望就在一個人身上了。」船長首先發言。

「誰？」大家不約而同的問。

「西爾法！」船長說明：「他跟我們一樣，想要穩住水手們的情緒。所以，我建議下午放他們上岸。」

大家對船長的提議都一臉疑惑。船長繼續說明：「如果船員全部上岸，我們就可以把船控制在手裡。如果他們都不上岸，我們就待在艙房裡，上帝一定會保佑我們的。假如他們只去一些人，我相信，在西爾法的安撫下，每個人都會變得非常聽話。」

決定之後，船長到甲板上，向全體船員講話。

「夥伴們！今天的工作很繁重，大家都累壞了。不過，要是有人想上岸去晃晃，整個下午都可以待在島上。在太陽下山前半個小時，我會放砲通知大家回來。」

船長一說完，所有的水手都開心的歡呼。好像只要一登到島上，馬上就可以得到寶藏。

最後的結果是，六名水手留在船上，其他的人，包括西爾法在內，全部坐進幾艘小艇裡，準備離開大船上岸。

突然，我的腦袋裡冒出一個瘋狂的主意。多虧了這個主意，我們後來才能夠保住一命。

當時我想，西爾法留下六個人，那麼，我們就不可能把船控制住。但是只有六個人，應該也不會對我們造成什麼危險，於是我決定也到島上去探險。

我跳進了一艘小艇裡，小艇上沒有人在意我，但是另一艘小艇上的西爾法發現了我，還用銳利的目光看著我，並且大聲喊了我的名字。

我乘坐的小艇因為最早出發，載的人少，槳手又很努力的划槳，於是比其他小艇更快到達岸邊。

小艇一靠近岸邊的樹叢，我馬上用力一跳，上了岸，迅速鑽進一片茂密的樹林裡。

「吉姆！吉姆！」西爾法大聲呼喊著我。

我根本不理他，又蹦又跳的往隱密的森林深處跑去。

殘忍的一幕

能夠甩掉西爾法讓我感到十分得意，這是我第一次真正體會到探險的樂趣。

這個時候，蘆葦塘中突然響起了一陣沙沙聲，一大群野鴨「嘎嘎嘎」的叫著，一起飛了出來。

我猜，可能有幾個水手正向我走來。果然，從不遠的地方傳來了一個低沉的說話聲，我馬上認出是西爾法。我嚇壞了，趕快鑽到一棵大樹底下，躲了起來。

一開始，我聽見一個陌生的聲音在回答，然後又輪到西爾法說話。兩個人說話的語氣，聽起來非常嚴肅而且激動，只可惜我一個字也沒有聽清楚。

最後，談話聲停止了。

為了聽清楚他們到底在說些什麼，我決定再靠近他們一點。

我趴在沙土地上，用爬的，慢慢的往他們的方向前進。

終於，我看見在沼澤旁邊一個草木茂密的地方，高個子約翰和一個水手坐在那裡說話。

「湯姆，你要相信我，要不是真的欣賞你，我會冒著危險，這樣警告你嗎？萬一被他們知道了，他們會怎麼收拾我？」西爾法虛假的說。

那個叫湯姆的水手說：「西爾法，為什麼你要和那些笨蛋混在一起呢？你根本不必這麼做，太不值得了……」

突然，他的話被一陣吵鬧聲打斷了。同一個時刻，從沼澤深處傳來了憤怒的喊叫聲，接著是一聲長長的慘叫。

湯姆聽到慘叫聲後，嚇得馬上跳了起來。西爾法則是連眼睛也沒有眨一下，還是半倚著枴杖站在原地，死死的盯著湯姆。

「告訴我，那邊發生了什麼事？」湯姆緊張的問。

西爾法很不自然的笑著，說：「什麼事？我想那是艾倫。」

「天啊，艾倫！」湯姆先是大叫一聲，接著又說：「願他的靈魂安息！我和你曾經是好朋友，但現在不是了。沒想到，你們竟然殺死了艾倫！有本事你們把我也殺了吧！我不怕你們！」

說完，勇敢的湯姆便轉身向岸邊走去。

高個子約翰大叫一聲，一隻手抓住旁邊的一根樹枝，一隻手把枴杖用力丟了出去。那根枴杖就像一支標槍，從空中劃過，打中湯姆的脊椎。

湯姆馬上往前撲倒在地上。

失去枴杖的西爾法，雖然只靠著一條腿，仍像猴子一樣靈敏的跳到湯姆身旁，用一把刀在湯姆身上狠狠的連刺了兩下。

看到這殘忍的一幕，我簡直快嚇暈了！真是不敢相信，一個活生生的人就這樣被西爾法殺死了！

西爾法把手伸進口袋，掏出一個哨子，吹了幾聲。我猜那是某種訊號，一定會招來更多他的同夥。

然後，那些水手很快就會發現我、抓住我……

我不敢再往下想了。我必須趕快回到森林中那片開闊的地方，才能保住性命。我盡量不發出聲音的離開，接著馬上以最快的速度往前奔跑。

我一直跑、一直跑，不知不覺來到了雙峰山的山腳下。

就在這個地方，一個新的危險又把我嚇壞了！

島上的「野人」

許多石頭從雙峰山的山坡上滾下來，吸引了我的注意，我往那邊望去，看見一個晃動的黑色身影。

我嚇得不敢繼續往前走，因為不知道那是什麼東西。我只看到一個黑黑的、毛茸茸的身影，說不出到底是熊、是人，還是猿？

怎麼辦？前面不知是什麼怪物，後面又有殺人凶手……最後，我決定往回走，於是轉身向停靠小艇的方向走去。

沒想到，那個怪物的身影再次出現。這次我終於看清楚了，沒有錯，那是一個人！

這個時候，我突然想起身上有一把手槍，這讓我勇氣大增。

我大步的向那個野人走去，鼓起勇氣問：「你是什麼人？」

「我是可憐的班．葛恩，三年來我沒有見到過一個人。」野人的聲音很沙啞，感覺很久沒有開口說話了。

我仔細的觀察他，這個野人是一個白人，長得還不錯，但是皮膚被島上毒辣的陽光曬得非常黑，所以那雙淡黃色的眼睛顯得特別突出。另外，他也是我見過穿得最破爛的乞丐了。

「三年！你的船遇難了？」我吃驚的大喊。

「不是，我是被放逐在這荒島上的。」他哀傷的回答。

我聽說過這種在海盜中很常見的懲罰方式，被處罰的人會被放逐到一個孤島上，除了給他一點彈藥，其他什麼都沒有。

「三年前我被放逐到這裡，為了生存，我一直靠著吃山羊肉、野果子和生蠔過活，總算是活了下來。可是，我好想吃點像樣的食物啊！你有沒有乾酪

什麼的？」他急切的說。

「要是我能回到船上去，你想吃多少乾酪都沒問題！」我說。

「『要是我能回到船上去』，這是什麼意思？難道有誰不讓你回去？是誰呢？」葛恩好奇的問。

「反正不是你。」我沒好氣的回答。

「那你叫什麼名字，我的朋友？」

「吉姆。」

葛恩神祕兮兮的看了看四周，壓低聲音，繼續說：「吉姆，我發財了！真的！我告訴你，是你找到了我，我要感謝你，我要讓你發大財！」

說到這裡，葛恩突然臉色大變，一隻手緊緊抓住我的手腕，一隻手指向遠處的大船。

「吉姆，那是不是弗林特的船？」

「不是，那個海盜船長已經死了。不過船上有幾個弗林特的手下，這對船上的其他人來說，簡直就是一場災難。」我無奈的說。

「你有沒有見到一個只有一條腿的人？」葛恩的呼吸突然急促了起來。

「西爾法？」

「對，就是西爾法！」

「他是那些海盜的頭頭，在船上做廚師。」我告訴葛恩。

「如果你跟高個子約翰是一夥的，那我就完蛋了。快告訴我，你們究竟發生了什麼事？」

我直接把我們這次航行的前後經過，以及目前的處境告訴了他。他十分專注的聽完我的敘述，然後摸了摸我的頭，說：「吉姆！現在你們已經落入了他的圈套，但是你放心，班・葛恩是值得信賴的人，我一定會幫你們。不過我想知道，如果我有辦法把那個鄉紳從西爾法的魔掌中救出來，你覺得他會怎麼回報我？會不會對我很大方？」

我告訴他，特勞尼先生是一個很大方的人。

「他會願意從本來就屬於我的錢裡面，拿出……例如：一千英鎊，當作我的酬勞嗎？」

「我相信他一定願意。如果找到了寶藏，我們每個人本來都有份呀！」

「那麼，也會讓我和你們一起坐船回去嗎？」班・葛恩不放心的繼續問。

「那是一定的，特勞尼先生是一位真正的紳士。再說，如果能夠擺脫西爾法那些壞蛋，我們的船返航時還需要你的幫助呢。」我說。

「這麼說，你們不會丟下我不管了。」他終於放心的說。

「我要把這裡的事情全都告訴你，因為埋寶藏的時候，我就在弗林特船長的海象號上。」

班・葛恩開始回憶起過去……

「當年，弗林特帶著六個水手登島，說要上岸一個星期左右，還吩咐其他人在船上等。幾天後，只有弗林特一個人划著小艇回來。沒錯，那六個水手全部被他殺死，並且掩埋了。當時，比爾・彭斯是大副，高個子約翰是舵手，他們追問弗林特寶藏埋在哪裡，他只說：『你們可以自己上島去找，我的船還要去尋找更多的金銀財寶，沒辦法等你們了！』」

「後來，我到了另一艘船上。三年前，我們的船從這個島經過。我跟大家說，島上有弗林特的財寶，我們上岸吧！結果，我們在島上尋找了十二天，什麼也沒有找到，我被大家罵慘了。一天早晨，全體船員在甲板上集合，對我說：『班・葛恩，給你一支槍、一把鏟子和一把十字鎬，你就留在這裡尋找寶藏吧。』就這樣，我在這裡過著野人般的生活。」班・葛恩苦笑的說。

聽完了班・葛恩的故事，我很擔心要是沒辦法回到船上，也會和他一樣在這裡過著野人的生活，那就糟糕了！

於是，我對他說出自己憂慮的事情。

「哦，別擔心，我自己動手做了一艘小船，藏在一個白色的山崖下。如果實在沒辦法，我們可以等天黑以後再行動。」

這個時候，遠處傳來一聲巨大的砲聲。

「啊！」葛恩大聲喊叫著：「發生了什麼事？」

「他們打起來了！快，跟我來！」我驚叫起來，拔腿就往希絲帕妮奧拉號停靠的方向跑去。

「靠左，靠左，靠左邊跑，吉姆！盡量在樹下跑，我的好朋友！」葛恩大聲對我說。

那聲砲聲之後，四周很快又恢復了寧靜，過了很長一段時間，才又傳來一連串的槍響。

接著又是一陣寂靜。

最後，在距離我不到四分之一英里的地方，一面英國國旗在叢林的上空慢慢升了起來。

數字連連看

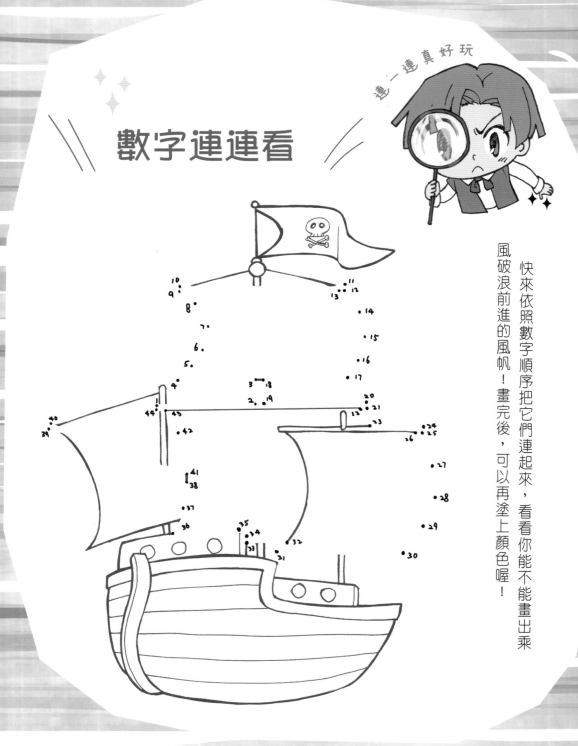

快來依照數字順序把它們連起來，看看你能不能畫出乘風破浪前進的風帆！畫完後，可以再塗上顏色喔！

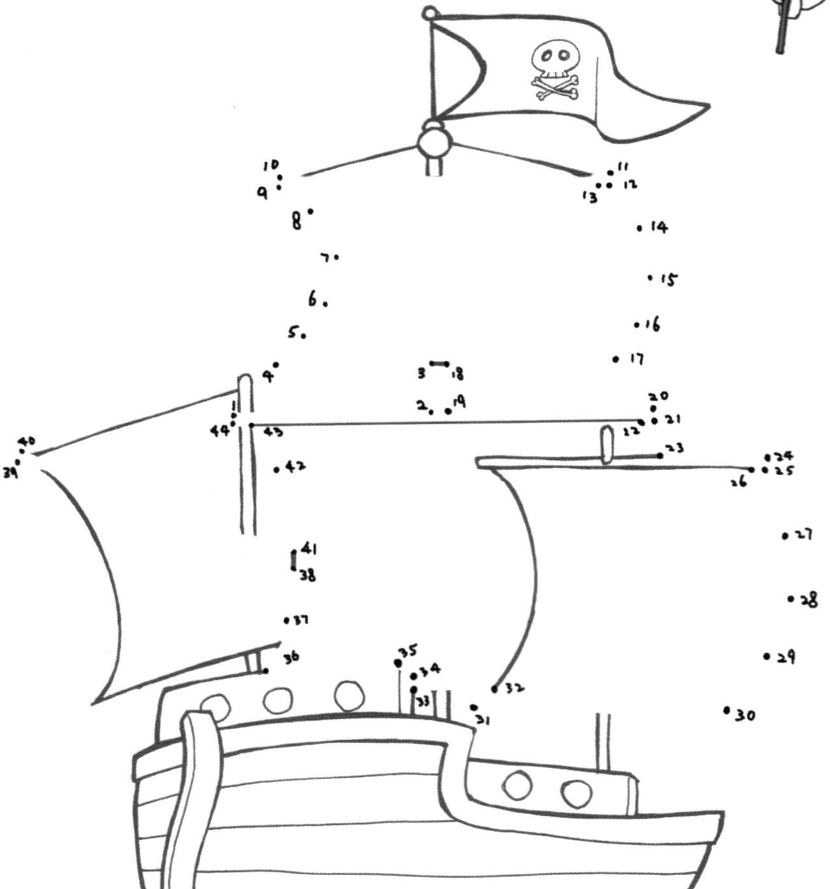

Treasure Island

第四章

叛變

放棄希絲帕妮奧拉號（李維希大夫的敘述）

聽韓特說，吉姆・霍金斯登上了小艇，跟那些水手一起上岸了。所有人知道後，都忍不住擔心他的安全。

我和韓特決定坐著小船到岸上去看一看。上了岸之後，我們往地圖上標記著「柵欄」的方向走去。又高又堅固的柵欄裡，有一間每面牆上都有槍眼的小木屋。

這個時候，一聲慘叫從海島的深處傳來。我想，吉姆完蛋了。然後，我們驚慌的跑回岸邊，跳上小船。

回到希絲帕妮奧拉號後，我告訴船長，我們或許可以撤退到島上的小木屋去，他同意了。

於是，斯莫列特船長把副水手長伊思萊爾・漢斯叫來，對他說：「漢斯先生，我和特勞尼先生都有兩把手槍，你們有誰敢發信號的話，我就讓他的腦袋開花。」

副水手長一聽，知道我們是來真的，只能乖乖聽話。

我們不停的把東西搬上小船，直到裝不下為止，然後往岸邊划去。我們在我之前登陸的地點靠岸後，開始把糧食、彈藥這些東西往小木屋裡面搬。

就這樣，我們的小船在大船和岸邊來來回回好幾趟。

最後一次，我回到希絲帕妮奧拉號，準備去接特勞尼先生和斯莫列特船長。船長正朝著水手艙裡面大喊：「格雷，我知道你不是壞人。現在我要離開這艘船了，我命令你馬上跟我走！」

接下來，水手艙裡面傳出一陣打鬥的聲音，不一會兒，亞伯拉罕・格雷從裡面衝出來，臉上還多了一道刀傷。

「帶我走吧！先生。」他喘著氣說。

終於，我們的人全都離開了希絲帕妮奧拉號。

遭遇夾攻（李維希大夫的敘述）

沒想到，第五次將小船划到海島時卻很不順利。

「我沒有辦法讓小船在小尖角的另一邊靠岸，先生。」我誠實的告訴船長。

我努力把小船往我們之前登陸的小尖角一側轉去，但是潮水不斷把我們推開，無法控制方向。

「再這樣下去，我們永遠也靠不了岸。」我緊張的說。

「只要我們一直保持這個方向，等到潮水沖擊力減弱的時候，就可以順利的在小尖角那邊登陸了。」船長冷靜的分析。

「你看後面！」突然，船長瞪大眼睛，指著我的背後說。

我轉身一看，發現希絲帕妮奧拉號上的那幾個壞蛋，正準備用大砲攻擊我們。

「你們誰的槍法最好？」船長詢問。

「當然是特勞尼先生。」我馬上回答。

「特勞尼先生，你能打中船上的人嗎？最好是正在搬運砲彈的漢斯。」船長邊說邊提醒大家保持船身的平衡。

特勞尼先生冷靜的點點頭，舉起了槍，瞄向大船上的漢斯，扣下扳機。

漢斯的運氣很好，他正好彎下腰，子彈從他的頭上飛過，打中了船上的另一個人。

槍聲和慘叫聲引來島上的海盜，他們從樹林裡跑出來，快速的登上了小艇。

「他們準備從兩面夾攻我們。」我大喊。

「我最擔心的還是大砲，想要打中我們實在太容易了。特勞尼先生，請你牢牢的盯住他們，一看見他們點火就告訴我，到時我們就讓小船突然停下來。」船長擔憂的說。

很快的，我們離小島越來越近，馬上就可以上岸了。

「他們準備點火了。」特勞尼先生大喊。

「停槳。」船長果斷的下了命令。

就在這個時候，砲聲響了，砲彈沒打中我們，只從我們的頭頂上飛過，不過它掀起的一陣大風，讓小船翻了。

幸好，我們還是平安的到達岸邊，只是貨物全都掉進了海裡。

戰鬥開始（李維希大夫的敘述）

上岸以後，我們用飛快的速度跑向小木屋。

沒想到，剛跑到柵欄南邊時，水手長約伯·安德森帶著七名水手追了上來，情況非常危急。

我和特勞尼先生，還有待在小木屋裡的韓特和喬伊斯，對他們發動了攻擊，他們也不留情的回擊。

一聲清脆的槍聲在樹林裡響起，射中了在我身後的雷德拉斯，他立刻倒在地上，一動也不動。

雖然不知道敵人藏在哪裡，我們並沒有放棄，繼續勇敢的開槍還擊。

最後，我們終於擊退了海盜，把中槍的雷德拉斯抬到小木屋裡。

可惜，他傷得太重了……

船長哀傷的從胸前口袋拿出一面英國國旗，找來一根樹枝，爬上屋頂，在大家的注視下升起了旗幟。

沒多久，雷德拉斯死了。船長恭敬的把另一面旗蓋在他身上。

這個時候，一顆圓鐵彈從小木屋的上空飛過，落在後面的樹林裡！過了一會，第二顆在屋前的空地上爆炸，把大家都嚇了一跳。

特勞尼先生緊張的說：「從大船上應該看不到木屋，是不是升起旗幟才會被發現？要不要把它降下來？」

「先生，絕對不行！」聽見船長這麼說，大家都不約而同的點了點頭。

因為這面旗幟好像在說：「繼續炸吧！我們不怕你們！」是一種不認輸的精神。

果然，整個傍晚，海盜不停的轟炸，幸好沒有再造成任何人員傷亡。

船長也開始寫他的航海日記，開頭第一段是這樣寫的：

船長亞歷山大・斯莫列特、隨船大夫大衛・李維希、船員亞伯拉罕・格雷、船主約翰・特勞尼、船主的僕人約翰・韓特和理查・喬伊斯（他不是船員），以上這些人帶著只夠吃十天的食物，在今天從希絲帕妮奧拉號上岸，來到這個埋藏著寶藏的小島，並於島上升起了英國國旗。船主的僕人湯瑪斯・雷德拉斯（他也不是船員）被敵人殺害，實習水手吉姆・霍金斯……

看到這裡，我又開始為吉姆擔心起來。

這時，從外面傳來了呼喊的聲音。我跑到門口一看，只見吉姆正翻過柵欄，他看起來一點傷都沒有。

商量逃生對策（吉姆・霍金斯的敘述）

班・葛恩看見國旗後，一把拉住我。

「你看！那一定是你的夥伴升的旗！」他說。

「也有可能是海盜！」我一臉懷疑。

「不！如果是西爾法，會掛上海盜專用的骷髏旗，所以，一定是你的朋友！我猜剛才他們打了一仗，你那些朋友打贏了，於是上岸來到弗林特建造的小木屋。」葛恩分析得頭頭是道。

「如果是這樣，我應該趕快去和他們會合！」我的眼睛一亮。

「需要我幫忙的時候，你知道去哪裡找我嗎？記好喔！就在今天你遇到我的地方。來找我我的時候，要記得拿一件白色的東西，而且只能一個人來。」葛恩叮囑我。

「好的！」我馬上答應了他。

突然，葛恩抓住我的手臂，緊張兮兮的說：「萬一你被西爾法抓住了，不會出賣我吧？」

他的話才說完，一顆砲彈就飛過樹林上空，落在我們附近。我們想也沒有想，馬上往不同的方向飛奔而去。

太陽下山後，我邊跑邊躲的繞到岸邊，希絲帕妮奧拉號還是停在原來的地方，桅杆上掛著黑底白骷髏圖案的海盜旗。

我繼續朝小木屋走去，順著沙洲望過去，看見一個又白又陡的峭壁。這一定就是班・葛恩說的那個白色山崖。如果哪天需要一艘小船，我可以去那裡找。

然後，我沿著樹林走，順利找到了小木屋。

大家見到我，都很熱情的跑出來迎接，我也詳細的跟他們講了這段時間發生的事。

「那個班．葛恩可靠嗎？」大夫不安的問。

「我不知道，大夫。」我誠實的回答。

「我最不放心的就是他。」大夫又說：「一個人在荒島孤獨生活了三年，腦子會不會變傻了？對了，他說他很喜歡吃乾酪嗎？」

「對啊！他很喜歡吃乾酪。」

「很好，我有一塊義大利的巴馬乾酪，就把它送給班．葛恩吧！」大夫大方的說。

吃完晚餐，三個頭頭聚在角落，應該是在討論以後的計畫吧！

我們的食物不夠，還沒等到接應船，大家可能就餓死了。如果想逃命，只剩最後一個辦法——努力消滅海盜，然後乘坐希絲帕妮奧拉號逃走。另外，我們還有兩個最大的優勢——蘭姆酒和氣候。

說到蘭姆酒，每到深夜，我們都會聽到海盜唱歌、喝酒時的笑罵聲。至於氣候，大夫非常肯定的說，那群海盜在沼澤地露宿，又沒有醫生和藥品，不用太久，至少會病倒一半。

第二天早上，我被一陣慌亂的聲音吵醒。

「白旗！」我聽到有人大叫：「是西爾法來了！」

我馬上起身走到牆邊，從槍眼向外面望去。

談判

柵欄外面有兩個人，一個揮著一面白色旗子，另一個站在一旁，是西爾法。

「站住！不然我們就開槍！」船長警告對方。

「我們已經舉白旗了！」西爾法淡淡的說。

「你們想幹什麼？」船長又對著他們喊。

「先生，西爾法船長想跟你們談談。」舉白旗的傢伙回答。

「西爾法船長？誰啊？我不認識！」船長不以為然的說。

「因為你丟下我們走了，船上那些人一定要我當船長。」西爾法又說：

「我只有一個要求，談判成功後，讓我安全的離開木屋。」

「要談什麼就來吧！不用說那麼多廢話。」船長堅決的說：「聽好了，如果你想要什麼陰謀，可別怪我們對你不客氣。」

「有你這句話，我就放心了！」西爾法高興的說。

當西爾法來到小木屋外坐下後，船長發下狠話：「今天這種局面，完全是你造成的。現在給你兩個選擇，一個是回來當我的廚師，以前的事我就不追究；一個是繼續當你的西爾法船長——一個反叛者和海盜，等著將來被絞死。」

「沒錯，昨天晚上你們打贏了。不過我發誓，這種事情絕對不會再發生第二次！既然我們想要島上的金銀財寶，你們想保住性命，大家為什麼不合作呢？你們不是有一張地圖嗎？」

船長打斷了西爾法的話：「你在打什麼壞主意，我們全都很清楚。」

西爾法不理會，繼續說出他的條件：「你們交出藏寶圖，我也給你們兩個選擇：一個是等寶藏都裝到船上後，可以跟我們一起離開這裡。或者，你們可以選擇待在島上，我會留下足夠的食物給你們，並且向遇到的第一艘船求救，請他們來帶你們離開這裡。」

斯莫列特船長慢慢的站起來，說：「你說完了嗎？」

「哼！要是你們拒絕，以後和你們談判的就是子彈了。」西爾法凶狠的說。

「很好！現在換我說了。你們現在回頭還來得及，我會把你們全部送回英國審判。如果你們還是不願投降，我發誓，要是不能讓你們全部沉入海底，我就不叫亞歷山大・斯莫列特。滾吧！」船長大聲的說。

西爾法憤怒的瞪向船長，說：「走著瞧吧！不用一個小時，我就會把這間木屋像蘭姆酒桶那樣炸得粉碎！」

他又惡毒的罵了幾句，才一拐一拐的往小山丘下走去，然後和那個拿白旗的人，一起消失在樹林裡。

強攻

西爾法的身影一消失，船長就轉身走進小木屋，對大家說：「各位，剛才我是故意惹火西爾法的。我相信，不用一個小時他們就會發動攻擊。他們的人比我們多，但是我們的地理位置占有優勢，而且我們是一支團結、有紀律的隊伍，一定可以打贏他們。」

一個小時很快就過去了，柵欄四周響起了槍聲，子彈向木屋不斷的飛來。

海盜們一邊大喊，一邊從樹林各處衝了出來，飛快的奔向木屋，爬上柵欄。

一顆子彈「嗖」的從門外射進來，把大夫手裡的滑膛槍打了個粉碎。特勞尼先生和格雷努力阻止海盜進入，連開了好幾槍。

衝在最前面的水手長約伯・安德森，揮手對著同夥大喊：「衝進去！殺光他們！」

「夥伴們，拿起刀子，衝出去和他們拚了！」船長也對著我們大喊。

我隨手拿起一把彎刀，快步跑向門外。

就在我的正前方，我看見大夫靈活的舞動著彎刀，一下打掉了一個海盜的武器，把他砍倒在地。

「夥伴們，快到屋後去！」船長大聲下達命令。

頭腦已經無法思考的我，馬上照船長的話做。沒想到才剛轉過牆角，安德森就出現在我面前。他大吼著向我撲過來，就在他砍過來的那一剎那，我一個重心不穩，從小山坡上滾了下去。

當我迅速的爬起來時，發現就在這短短的一瞬間，戰鬥已經宣告結束，我們勝利了！

進攻的海盜全部逃跑了，只剩下五個一動也不動的倒在地上。

大夫、格雷和我馬上跑回木屋查看，只見韓特被擊昏在槍眼旁邊，喬伊斯被打穿了腦袋，而在木屋的中央，特勞尼先生扶著船長，兩人臉色慘白。

「船長受傷了。」特勞尼先生著急的說。

「他們逃跑了嗎？」船長最關心的還是這個問題。

「能跑的當然跑了，但是至少我們現在安全了。」大夫鬆了一口氣的說。

「自助餐」的起源

自助餐吃到飽雖然所費不貲，但可以一直拿自己想吃的食物。你有想過，到底什麼時候開始有「自助餐」的呢？難道，跟海盜有關？

龐貝古城遺跡中，Thermopolium 的餐廳櫃臺，有著下凹的凹洞，可以用來擺放盛裝著酒和食物的容器，方便用餐的客人取用，和現在吃到飽自助餐餐廳的擺放方式相仿。所以有人認為，古羅馬時期可能就有類似自助餐的餐廳。

至於，自助餐會被當作聚餐的方式，流傳至今，有極大的可能跟維京海盜有關。

維京人又稱「北歐海盜」，他們四處打劫，以掠奪維生，每次得手，便會大吃大喝慶祝一番。

既然是海盜，必定不會斯文，大多個性粗獷、舉止粗魯，常常因為搶食而大打出手，也不會管什麼用餐禮儀。

為了不讓大家每次都吃出一頓氣，海盜頭目於是決定不再一道道上菜，而是把佳餚、醇酒一次擺放出來，讓大家愛吃喝什麼就吃喝什麼，無拘無束。

直到現在，世界各國還有不少自助餐廳，是以「海盜」或「船長」命名的喔！

Treasure Island

第五章

海上驚魂

尋找白色峭壁

吃過午飯以後，我看見大夫帶著手槍、彎刀和滑膛槍，往樹林裡走去，我猜想他一定是去找班．葛恩了。

突然，我有了一個瘋狂的念頭，我決定去找昨天晚上發現的白色峭壁，希望可以找到班．葛恩的小船。

這是我第二次的不告而別，不過，就像第一次一樣，這次又意外的救了所有人。

我在外套口袋塞滿麵包，又拿了兩支手槍。離開小木屋後，我花了很多的時間才終於找到白色峭壁。

峭壁下面有一塊綠色草地，中央有一個用羊皮製成的帳篷，我掀起帳篷，看見班・葛恩的小船就在裡面。

我打算在天黑的時候，划著小船靠近希絲帕妮奧拉號，然後割斷錨索，讓大船隨著海浪漂走。

海上漂流

我在濃霧中划著小船來到錨索的旁邊，一把抓住了它。

就在準備一刀砍斷錨索的時候，我忽然想到，原本繃緊的錨索如果突然斷裂，一定會掀起大浪，把我和小船彈翻，這樣就糟糕了。

於是我決定一股、一股的慢慢割。

這時候，一陣大風刮來，把大船吹得更靠近我了。我用力把最後兩股繩索割斷後，趕快將小船划離大船，以免被大浪掀翻。

可是不管我再怎麼樣用力划，小船還是離大船很近。

沒辦法，我只好試著往大船的尾部划，才成功脫離了翻船的危險。

只是我沒想到的是，潮水卻把小船和希絲帕妮奧拉號一塊帶走了，一起在海面上漂流著。

我就這樣趴在小船上好幾個小時，被巨浪不停的拋來拋去，最後居然睡著了。

小船沉沒

當我醒來的時候，發現小船漂浮在海島西南面的大海上。

希絲帕妮奧拉號就在離我不到半英尺的地方，正揚起大帆飛快的向前行駛。

奇怪的是，我發現大船在海面上橫衝直撞、搖搖晃晃，像是根本就沒有人在掌舵！

我心想，如果有辦法上到大船，說不定能重新把船奪回來。

我鼓足勇氣，使出全身的力氣，划著小船向大船靠近。

遠遠的，我看見甲板上一個人也沒有，心想他們也許全都棄船逃跑了，或者是喝醉了倒在艙房裡。

我充滿信心，再次奮力向大船追去。

沒想到，一個不注意，大船隨著潮水，直直的向我撞了過來。

船頭的斜桅正好停在我頭頂上，我向上用力一跳，緊緊的抓住它。

就在我懸在半空中的時候，我聽見一聲悶響，小船被大船撞沉了！

現在，我沒有別的選擇，只能待在希絲帕妮奧拉號上了。

降下骷髏旗

好不容易爬上甲板，我才看見漢斯和一個戴著紅色睡帽的海盜，一動也不動的，身邊有很多血跡。

我猜想，他們一定是喝醉酒之後打了一架，現在大概都死了。

結果我猜錯了，伊思萊爾・漢斯還活著。

「白蘭地！」他睜開眼睛，虛弱的對著我說。

我快步跑到船尾底下的艙房，想幫他找酒，結果發現裡面一片混亂，原本上鎖的地方都被撬開了。看來他們為了找那張藏寶圖，每個地方都翻遍了。

我隨便帶了一瓶白蘭地和一些麵包，回到甲板上。

「你的傷怎麼樣？」我把酒拿給漢斯，然後大口的吃起了麵包。

「要是有那個大夫在，這點小傷根本算不了什麼。幸好那個狗東西已經斷氣了！」他指了指一旁那個戴紅色睡帽的死人。

「你怎麼會跑回船上？」他又問。

「我是來掌管這艘船的，漢斯先生，你可以叫我船長。」我諷刺的說。

他忍住怒氣望著我，一句話也沒有說。

「這面旗好討厭啊！我要把它降下來。」我走到旗桿前，把那面海盜旗降了下來，扔進海裡。

漢思一臉奸詐的看著我，不知道又在打什麼壞主意。

「霍金斯船長，你是不是打算回到岸上去？我們合作吧！」漢斯一臉誠懇的說。

「好啊，漢斯先生，你有什麼建議嗎？」我回答。

漢斯看著那個死人，說：「這帆是我和那個愛爾蘭人一起扯起來的，本來打算把船開回下錨的地方。現在他死了，我又受了傷，只有靠你囉！只要你給我吃的、喝的，再幫我包紮傷口，我就教你駕駛這艘船。怎麼樣？」

「好呀！我要去北邊的港灣，就在那裡靠岸。」我慢慢的說。

「你說了算！反正我沒有選擇，只能照辦了！」漢思無奈的回答。

我們就這麼說定了，三分鐘後，希絲帕妮奧拉號沿著海島西海岸，向北航行。

因為不告而別，我原本一直很自責，但是現在成功奪回了希絲帕妮奧拉號，一切又不一樣了。

與漢斯搏鬥

大船像小鳥一樣，乘著風快速前進，藍天白雲和岸上的景色變化，也讓人心曠神怡。

但是漢斯那不懷好意的眼神卻一直跟著我，讓我覺得很不舒服。

「吉姆，去幫我拿一瓶酒——那個叫什麼酒的，我突然想不起來——哦，對了，葡萄酒！你去幫我拿一瓶葡萄酒，白蘭地太烈了，我受不了。」他假裝健忘的對著我大叫。

我根本不相信他想喝什麼葡萄酒。

這只是他的藉口，想把我從甲板上支開，可是他的演技太差了，就連三歲小孩也看得出他沒安好心。

「葡萄酒？你要紅葡萄酒，還是白葡萄酒？」我故意問。

「隨便什麼都可以！」

「好吧，我去找找看。」

說完，我就從升降口跑了下去，還故意弄出很大的聲音。

接著，我脫掉鞋子，躡手躡腳穿過圓木走廊，從水手艙這邊的升降口探出頭來，偷看著。

果然，漢斯離開了剛才坐著的地方，手腳並用的在地上爬行。

他強忍疼痛，快速爬過了甲板，在一堆繩索中找出了一把沾滿鮮血的短劍，放進懷裡藏著，再爬回原來的位置。

我猜想的沒錯，他下一個想殺的就是我。

幸好我們都希望大船能安全的在港灣停泊，在達到這個目的前，我應該還是安全的。

我一邊思考著，一邊胡亂抓了一瓶葡萄酒，然後回到甲板上。

我走到他身邊，把酒遞給他，他大口的喝了起來。

我是個優秀的舵手，他是個出色的領航員，接下來，在相互配合下，大船靈活的通過了一個個沙洲和淺灘。

這時候，大船剛過了兩個尖角，被陸地包圍著。我聽著漢斯的命令，專心的駕駛著大船。

突然，他大叫一聲：「我的天啊，快轉舵向風！」

我趕緊用力轉動舵柄，希絲帕妮奧拉號一個大轉彎，船頭直直的衝上了岸邊的樹林。

我一緊張，放鬆了警戒，當我回過神，轉過頭去的時候，只見漢斯右手握著那把短劍，朝我衝了過來。

就在我們四目相對的時候，漢斯和我同時叫了起來，不同的是，我發出的是恐懼的尖叫，而他發出的是瘋狂公牛進攻時的怒吼。

我只好鬆開握著舵柄的手，趕緊往旁邊一跳。

就在我跳開的時候，舵柄反彈了回來，重重的打在漢斯的胸口，讓他痛得暫時無法動彈。

我乘機從口袋裡掏出手槍，他不死心的又向我撲來，我鎮定的將槍對準他，扣動了扳機。

可是，沒有火花，也沒有響聲，原來是火藥被海水打溼了！

這個時候，希絲帕妮奧拉號突然又被衝上沙灘，船身用力一震，向左側傾斜。

我和漢斯馬上失去平衡，往另一邊的排水孔滾了過去。

眼看漢斯又要撲過來，我趕緊用力一跳，抓住一旁的軟梯，不停的向上爬，直到爬到桅頂才停下來，坐在那裡喘氣。

漢斯抬起頭，張大嘴巴，一臉不敢相信的看著我。

我知道他不會輕易放過我，趕快把身上的兩支手槍都裝上火藥。

果然，漢斯用嘴咬住短劍，雙手抓著軟梯開始向上爬。

我一手拿一支槍，大聲警告著：「漢斯，你再往上爬一步，我就要開槍了！」

漢斯停了下來，把短劍從嘴裡拿出來，裝可憐的對我說：「要不是船突然傾斜，我早就送你去見上帝了。現在，我認輸了！」

就在我沉浸於勝利的喜悅時，只見他右手一揮，一件東西在空中發出「嗖」的一聲，像箭一樣朝我飛了過來。

當我感到一陣劇痛時，發現自己的一邊肩膀，竟然被短劍釘在桅杆上。

而我的雙手也扣動了扳機，朝著漢斯發出「砰！砰！」兩聲槍響。

我看見漢斯鬆開了抓住軟梯的手，頭下腳上的栽了下去，掉到海裡，沉沒了。

「八個里亞爾！」

看見漢斯死了，我終於鬆了一口氣，想要把短劍拔出來，但是怎麼樣都沒有辦法，最後只好放棄。

就這麼巧，我突然打了一個冷顫，幫助我脫離了困境！原來，那把短劍根本沒有真的傷到我的肩膀，只是刺穿了一層皮，剛才那一個冷顫，一下子就把那層皮撕破了。

我爬下軟梯，回到甲板上，簡單包紮了傷口後，把那個戴紅色睡帽的死人也丟進大海。

現在大船上只剩下我一個人了，但是，潮水快速的從大海深處退去，希絲帕妮奧拉號越來越傾斜，眼看就要傾覆了！

我爬到船頭向水裡一望，海水已經很淺了，於是我用雙手抓住割斷的錨索，小心的翻身下船，向岸上走去。

現在，我又回到了陸地，希絲帕妮奧拉號上也沒有海盜了，雖然擱淺著，但是我相信，斯莫列特船長一定有辦法讓船重新啟航的。

我帶著愉快的心情、踏著輕快的腳步，向木屋的方向走去。

月亮高掛天空，我來到木屋前面的空地時，卻看不到一個人影，也沒有一點聲音！

我開始擔心，也許在我離開的這段時間，發生了什麼事。

我翻過柵欄朝木屋走去，再慢慢爬到木屋一角。聽見裡面傳出了熟睡的打呼聲，我才終於放下心。

我爬到門口，站起來，屋內黑漆漆一片，什麼也看不見。

只是除了打呼聲，還有一個怪聲音，好像是什麼東西在拍打翅膀或啄食，但是我實在猜不出那是什麼。

我伸手摸索著走進木屋，打算回到自己的床位，心想，不知道明天他們看到我會是什麼表情。

正在覺得好笑時，黑暗中突然傳出一個尖銳的聲音：「八個里亞爾！八個里亞爾！八個里亞爾！」

這聲音一直叫著，完全沒有停下來的意思。

我忽然反應過來，那是「弗林特船長」——西爾法的綠鸚鵡！

剛才聽到的怪聲音，就是牠在啄樹皮的聲音，而現在牠正用叫聲向西爾法報告有人入侵。

熟睡的人被鸚鵡的叫聲驚醒，紛紛跳了起來，接著又聽到西爾法可怕的聲音。

「什麼人？狄克，快去拿火把來！」西爾法大聲命令。

我看見一個人從木屋跑出去，很快就拿了一支火把走進來。

我知道，自己馬上就要被他們抓起來了！

畫出你的專屬船旗

喲呵呵！船隻出航囉！船旗也高高掛！

幻想一下，如果你是一名船主人，每艘船都可以掛屬於自己、獨一無二的旗幟，你會想在你的船上升起什麼樣的旗子呢？

請你發揮想像力，在空白處設計一面屬於自己的船旗吧！

Treasure Island

第六章

滿載而歸

成為俘虜

「吉姆，你拋下他們，不可能再回去捱罵吧？現在只能加入我們囉！」西爾法奸詐的看著我。

聽到這些話，我反而放心了，這表示大夫他們還活著。

「這裡發生了什麼事？我的朋友在哪裡？」我故作鎮定的問。

「昨天晚上，李維希大夫舉著白旗來找我，說有人趁著我們飲酒作樂的時候，把船開走了，只要讓他們走，木屋和所有東西都歸我們。至於他們在哪裡，我也不知道。」西爾法回答。

「你們現在沒有船也沒有財寶，人也沒剩幾個，知道這些事都是誰幹的嗎？是我！如果你們放了我，過去的一切我就不追究！」我鼓起勇氣大聲的說。

他們聽了都呆在那裡，不敢相信的看著我。

「比爾・彭斯的地圖也是你拿走的吧？我早就知道所有的事情都是你在搞鬼。」西爾法突然指著我說。

「現在就送他上西天！」其中一個海盜拔出刀子，大聲咒罵著。

「你算老幾！」西爾法對著他大吼。

「我寧願被絞死也不要再受你擺布了。」另一個海盜不服氣的說。

「誰有種就把彎刀拔出來，我們打一架！」西爾法坐在酒桶上咆哮。幾個海盜都被西爾法的氣勢嚇到了，沒有一個人敢再說話。

「如果沒有人敢跟我決鬥，那就聽我的，誰都不准動吉姆一根寒毛！」

「我們早就對你很不滿了！不過，看在你還是船長的面子上，我們要行

使水手的權利，到外面去開個會。」其中一個海盜惡狠狠的說。

接著，全部的海盜都走了出去，木屋裡只剩下我和西爾法。

西爾法突然口氣一變，焦急的對我說：「吉姆，聽著，你現在很危險，他們可能會殺了你，還會推翻我這個船長。你剛剛也看到了，我在盡力保護你。」

我好像懂他在玩什麼把戲了。

「你是說一切都結束了，我們可以做朋友？」我問。

「當然都結束了！當我看見大船不見，就知道一切都完了。吉姆，現在我救你，以後你也要救我啊！」西爾法哀求著。

「我一定會救你，只要我能活著離開這裡。」我對他保證。

「我們一言為定！對了，你知道大夫為什麼會把藏寶圖交給我嗎？一定有問題！」西爾法好像想要從我這裡套出話來。

我只是露出了驚訝的表情，一樣猜不透大夫的用意。

又見黑券

剛剛走出去的一群人全部回來了。

「把東西給我吧！這點規矩我還是懂的。」西爾法看著他們，不耐煩的說。

其中一個人快步走到西爾法面前，把一件東西放在他的手裡。

「黑券？想要我下臺？哼，你們看，這是什麼！」

西爾法把一張紙扔到地上，那是我在比爾‧彭斯箱子裡發現的藏寶圖，上面還有三個紅色的叉。

海盜們看見地圖後，爭先恐後的撲向那張紙。

「這真的是弗林特的地圖！可是我們沒有船，要怎麼把寶藏運走呢？」其中一個大聲叫著。

「我找到了寶藏，你們卻把船弄丟了！現在，我正式宣布不當船長了，你們想選誰就選誰！」西爾法假裝不以為意的說。

「西爾法，我們永遠跟隨你，你永遠是我們的船長！」海盜一起大喊。

「這樣才對嘛！」西爾法點了點頭，笑著說。

君子協定

這個時候，一個熟悉的聲音從屋外對我們大喊：「喂，木屋裡的人聽好了，我，李維希大夫來看你們了！」

聽見大夫的聲音，我又驚又喜，順著槍眼往外看去。

「大夫，你來了，你的病人一切都很好。另外，我們還為你準備了一個驚喜，一位小客人！」西爾法大聲回答。

「是吉姆？」大夫一愣。

「是啊，吉姆回來了。」西爾法說。

「西爾法先生，我先去看看病人。」大夫走進小木屋，看了我一眼，輕輕點了點頭，什麼也沒有說，就向病人走去。

「我發誓一定要把你們全部治好，讓你們有機會回到英國，接受喬治國王和絞刑的懲罰。」大夫看完其中一個受傷的海盜後，幽默的說。

接著，他順便幫其他幾名看診後，說：「看起來，你們可能全都得了瘧疾！」說完，他把藥一一分給海盜，他們拿藥時感恩的樣子，就像是聽話的小學生。

「好了，藥都給你們了，如果不介意，我想跟吉姆單獨談談。」大夫說。

「當然沒問題！但是你們只能隔著柵欄說話。還有，吉姆，你得保證不會逃跑！」西爾法說。

我答應了他。

我和大夫隔著柵欄，迫不及待的正想說話時，沒想到，西爾法卻搶先了一步。

「大夫，吉姆會告訴你剛剛發生了什麼事。我救了他，又差點被逼下臺。現在我和他的處境都很危險，需要你的幫助！」西爾法可憐兮兮的說。

這時的西爾法就像變了一個人，誰也不知道到底哪個才是真正的他。

「西爾法，你害怕了嗎？」大夫問。

「我不害怕，可是沒有人會喜歡絞刑。我現在就讓你和吉姆單獨談談！」西爾法淡淡的說。

說完，他真的離開了，留下我和大夫。

「吉姆，你怎麼跑來這裡，還被他們抓了起來？你趁著斯莫列特船長受傷的時候逃跑，根本就是一個懦夫！」大夫無奈的對著我說。

我知道他說的沒錯，一邊哭一邊說：「我很後悔，現在只能用生命補償你們。要不是西爾法保護我，我早就死了！」

「吉姆，你趕快翻出來，我們一起逃命吧！」大夫著急的說。

「我答應不會逃跑的！」

「我不能讓你一個人留在這裡。快點，我們拚命往樹林跑，他們一定追不到！」大夫焦急的說。

「不！換作是你，你也不會逃的。還有，大船現在在我的手裡，就停在北邊港灣的南灘。」我快速的說。

「船！」大夫驚訝的叫了出來。

我把這幾天發生的事，簡單的告訴大夫，他一直靜靜的聽著。

「你真是我們的救星！每次都在最危急的關頭救了我們！」大夫不敢相信的說。

然後，他對著站得遠遠的西爾法大喊：「西爾法，你們先不要急著去找寶藏！」

西爾法看了我一眼，說：「如果不去找寶藏，我和吉姆都會沒命！最後，我只有一個問題，你們把木屋和藏寶圖交給我，到底是為什麼？」

大夫搖搖頭。「我不能再多說了！西爾法。」

最後，大夫跟我隔著柵欄握了握手，向西爾法點點頭之後，轉身往樹林裡走去。

骨架指南針

回到木屋後，西爾法以船長的口吻，對海盜們宣布：「船確實在他們手裡，只是我還不知道在什麼地方。只要我們找到寶藏，就算把整個島翻過來，也一定要找到那艘船。」

然後，他望了我一眼後，說：「至於這個人質，他可是我們的護身符！」

那些海盜一聽，都高興的發出勝利的歡呼聲。

隔天，我們全體出動，划著小艇，向海島深處出發。

望遠鏡肩上一棵大樹，北北東偏北。

骷髏島，東南東偏東。

十英尺。

按照地圖上的謎語，要找到寶藏，必須先找到那棵大樹。

但是，島上的樹這麼多，弗林特船長所指的「大樹」，到底是哪一棵呢？

我們上了岸後，一直往坡頂前進。

突然，一個海盜大叫起來，好像看到了什麼恐怖的東西。

我們趕上前去一看，在一棵高大的松樹下，發現了一具被藤蔓纏繞的死人骨架。

他筆直的躺在地上，腳指著一個方向，手像跳水時那樣舉過了頭頂，正好與腳所指的方向相反。

西爾法馬上拿出羅盤，按照骷髏所指的方向一測，說：

「沒錯！這骨架就是指南針！從這裡一直向著北極星的方向走，一定可以找到寶藏！」西爾法高興的叫了起來。

樹林裡的怪聲

「從骷髏島拉一條直線到那邊，一共有三顆大樹符合標準，『望遠鏡肩上』指的應該是那塊凹地。寶藏一定就埋在那裡！」西爾法繼續說。

突然，在我們前方的樹林中，傳出了一個又高又尖的聲音，唱著：

十五個人在死人箱上——

喲呵呵，還有一瓶蘭姆酒！

「那是弗林特！」一個海盜驚呼。

就在他們驚慌失措時，歌聲突然停止了。

「這一定是陷阱！雖然不知道是誰在唱歌，但是我敢說，一定是個活人。」西爾法故作鎮定的說。

這時，那個詭異的聲音又響起了，但這次不是歌聲，而是在遠方有氣無力的叫喊：「達比．麥克——格勞！達比．麥克——格勞！達比，拿蘭姆酒來！」

「沒錯！一定是弗林特，這是他死之前說的最後一句話！」其中一個海盜發抖的說。

其他人全都嚇得說不出話來。

「我們只聽見聲音，又沒有見到人！如果真的是鬼魂，怎麼會有回聲呢？」西爾法試著安撫大家。

海盜們聽他這麼說，馬上冷靜下來，臉上也有了血色。

我們繼續趕路，一直朝著西北方向前進，越來越靠近「望遠鏡肩上」。

排除了前面兩棵樹後，大夥兒在第三棵樹下停下來。

那棵樹有兩百英尺高，是一棵松樹中的巨人，很適合拿來當作航標。

想著樹底下埋藏著七十萬英鎊的金銀財寶，海盜們越走越快，越走越近。

終於，我們來到了藏寶圖上標示的地方。

只是，出現在我們眼前的卻是一個大土坑，而且一看就知道不是新挖的。

我心裡一涼，寶藏早就被人挖走，七十萬英鎊不見了！

擊退海盜

「吉姆，這個拿去，等一下或許會用到。」西爾法趁著沒人注意，偷偷把一支雙筒手槍塞進我的手裡，又對我使了個眼色，意思像是說：「情況十分危險。」

「西爾法，這就是你所說的七十萬英鎊嗎？你簡直就是個蠢貨！」發現寶藏不見了，海盜都不悅的叫起來。

所有人都憤怒的瞪著我們。

我和西爾法在一邊，其他海盜在另一邊，中間隔著土坑，誰也不敢先動手。

「他們只有兩個人，一個是瘸子，一個是孩子，居然敢把我們騙到這裡！來吧，夥伴們，快動手……」其中一個海盜氣憤的說。

不過，他的話還沒說完，只聽見「砰！砰！砰！」三聲槍響，他便一頭栽進了土坑裡，其他人見情形不妙，全都轉身逃跑。

大夫、格雷和班・葛恩從樹叢中跑了出來，他們的槍還冒著煙。

「你們來得正是時候，救了我和吉姆一命！」西爾法開心的說。

回程的路上，大夫告訴我這段時間發生的所有事情。

整件事情中，班・葛恩扮演了重要的角色。

有一天，班・葛恩在島上遊蕩，發現了那具死人骨架，於是拿走了死人身上的所有東西。接著，他發現了寶藏，在希絲帕妮奧拉號到達前的兩個月，他把所有財寶全都搬到海島東北角的一個山洞裡。

海盜強攻木屋的那天下午，大夫從班・葛恩嘴裡套出了祕密。第二天，大夫發現大船不見了，就去找西爾法，用那張沒用的地圖，換取了安全撤離木屋的機會。

後來，班・葛恩又想出假扮弗林特的點子，讓格雷和大夫在海盜到達前，先到達藏寶地點，埋伏在那裡，利用海盜們的迷信嚇唬他們。沒想到，這一招效果非常好。

終於，我們登上小艇，從海上繞到北邊港灣去，看見希絲帕妮奧拉號在海中漂流著。

之後，我又跟著大家來到了班・葛恩藏寶藏的洞穴。

洞穴很寬敞，斯莫列特船長躺在火堆前，遠處的一個角落，則放著好幾堆金光閃閃的金銀鑄幣和金條，這些就是我們這次冒險的目的、大家朝思暮想的寶藏。

返航

第二天，我們開始把寶藏搬到岸邊，再用小艇送到希絲帕妮奧拉號上去。

每天白天，都有一大筆財寶裝上大船；晚上，洞穴裡則是有一大筆財寶等著第二天被搬運。

直到某一天早上，全部的寶藏都送上大船後，我們起錨返航了。

船航行到某個港口時，我們上岸玩了一個晚上。第二天剛登上大船，葛恩就跑過來向我們懺悔：幾個鐘頭前，他放西爾法走了，因為他覺得西爾法留在船上很不安全。只是沒想到，西爾法居然趁沒人注意的時候，偷走了三、四百基尼的金幣。

聽葛恩說完，不但沒有人生氣，反而因為能夠擺脫西爾法而感到高興。

當希絲帕妮奧拉號到達布里斯托的時候，布蘭德里先生正準備組織一支後援隊接應我們。

這次出航，活著回來的人，每個人都如願得到了一份價值豐厚的財寶。

可是，回想那段期間發生的種種驚險，我知道，自己再也不想回到那個可怕的島上去了。

你的寶藏在哪裡？

如果你是一名探險家，有機會到世界各地尋寶，你最想去哪裡尋找寶藏呢？請在下面世界地圖中：

一、標示出你第一、第二、第三個想去尋寶的地點。

二、畫出或寫出這些地點，可能有哪些寶藏。

三、最後寫出什麼是你心目中的寶藏。

◤ 珍愛名著選 6 ◢

金銀島

Treasure Island

原　　著｜羅伯特・路易士・史帝文森
Robert Louis Stevenson
編　　著｜晴天金桔
插　　畫｜詩詩

總 編 輯｜徐昱
編　　輯｜雨霓
封面設計｜吳欣樺
執行美編｜吳欣樺

國家圖書館出版品預行編目(CIP)資料

金銀島 / 羅伯特・路易士・史帝文森 (Robert Louis Stevenson) 原著；晴天金桔編著；詩詩插畫. -- 初版. -- 新北市：悅樂文化館出版：悅智文化發行, 2020.01
160 面；17×23 公分. --（珍愛名著選；6）
譯自：Treasure island
ISBN 978-986-96675-8-6(平裝)

873.59　　108018897

出 版 者｜悅樂文化館
發 行 者｜悅智文化事業有限公司
地　　址｜新北市板橋區板新路 206 號 3 樓
電　　話｜02-8952-4078
傳　　真｜02-8952-4084
電子郵件｜sv5@elegantbooks.com.tw

戶　　名｜悅智文化事業有限公司
郵撥帳號｜19452608

初版一刷　2020 年 1 月　定價 280 元